KILL WITH TRUST

WAR OF BETRAY

SUMEET KUMAR

Made with ♥ on the Notion Press Platform
www.notionpress.com

SUMEET KUMAR

SUMEET KUMAR , A adult who experinces many phases of life , a well known writer and a writer of new era .In reality he is a writer as well as ,singer ,poeter ,shayr ,quote writer ,lyric writer and and a performer well as anchor or standup comedian.Very exicting and intresting fact about him is that he is author of new era i.e. He starts his journey of writing at the age when he was going to schools to get the study .His streak of 200 books will be the great achievment for him in future ,His some famous works i.e Maturity of love (genre _Love) Privacy of dream (Genre -LIFE STYLE OF MIDDLE CLASS).

YOU CAN ALSO BUY MY BOOKS FROM NOTION PRESS ,ABE BOOKS ,IMUSIC IN ,FLIPKART ,AMAZON ,KINDLE ,INSTANT READ

LIKE EBOOK ,KINDLE ,GOOGLE ,INTERNATIONAL SITES AND MANY MORE .

PODCASTER ON SPOTIFY :@BROKEN HEART

INSTA ID : BOOKHUB92

GMAIL: sumitkumar 88234

LINKEDIAN : SUMEET KUMAR

Contents

Preface

Rishte vo hai jo zindagi mein apko sukoon dete hai par meri zindagi mein toh sukoon ke badle nafrat mili hai hisse mein ,aur mein cahh kar bhi ushe khud seh durr nahi kar sakta kyunki uski banabat bhi mere hee hathon seh hui hai ,aur jish ghar ko ham apne hathno seh banate hai ,akhir ushi ghar ki banabat kaiseh todd sakte hai ,aur aap sab ko pata hai vo rishte jinhe mein apna manta hun vo mere liye ghar hai ,aur agar unki ek chhoti shi itt bhi ush aashiyane seh bahar hui toh shaayad meri ruhh bhi mujseh durr ho jayegi

.

Acknowledgements

SUMEET KUMAR

SUMEET KUMAR , A adult who experinces many phases of life , a well known writer and a writer of new era .In reality he is a writer as well as ,singer ,poeter ,shayr ,quote writer ,lyric writer and and a performer well as anchor or standup comedian.Very exicting and intresting fact about him is that he is author of new era i.e. He starts his journey of writing at the age when he was going to schools to get the study .His streak of 200 books will be the great achievment for him in future ,His some famous works i.e Maturity of love (genre _Love) Privacy of dream (Genre -LIFE STYLE OF MIDDLE CLASS).

YOU CAN ALSO BUY MY BOOKS FROM NOTION PRESS ,ABE BOOKS ,IMUSIC IN ,FLIPKART ,AMAZON

ACKNOWLEDGEMENTS

,KINDLE ,INSTANT READ LIKE EBOOK ,KINDLE ,GOOGLE ,INTERNATIONAL SITES AND MANY MORE .
PODCASTER ON SPOTIFY :@BROKEN HEART
INSTA ID : BOOKHUB92
GMAIL: sumitkumar 88234
LINKEDIAN : SUMEET KUMAR

.

CHAPTER ONE

LOST CHILD

Har kishi ki kahani amar nahi hoti aur jinki hoti hai vo kabhi jahir nahi karte aur ishliye nahi karte kyunki jo vo sochte hai vo unke hisse mein kabhi hone ki gujarish hoti hee nahi haii ,agar seedhe sabdo mein kahu toh zindagi ush rangeen film ki tarah hai jishe dekhne ke liye kayi haade par karni parti hai,jante sab hai par mante koi nahi ki akhir mein ye zindagi hai kya ,jab manjil ho kareeb aur raste behad alag ho toh ham ush waqt ye samjah nahi paate ki ishe umeed kiski hai ,musalsaal zindagi bhi ek jua hai agar sach kahu toh kyunki iske paate kabhi ek jaishe hote hee nahi hai ,aur jinke paas inke paate ek jaishe hote hai ushe log ishvar kehte hai ,matlab uparvala , unke hathon mein hamari zindagi ye sab mante hai per koi hai jishe ye bhanak tak nahi ki uski zindagi kiske hathon mein hai ,ye kahani bhi ushi saksh ki hai jiske baare mein mere alfaaz thode kacche hai aur pakke bhi ,khair uski kahani seh pehle zindagi seh toh waqif ho jaye janab kyunki iski har ek ada aajkal hame kahi durr kishi aur ki ahosh mein mein qafas dene ki riwayat kar chuki hai ,mein zindagi ke baare mein kuch zyada nahi janta par jitna bhi janta hun sayad kaffi hai ,maine apni purri zindagi gujar di ishi saval mein ki akhir meri zindagi mujseh chhahti kya hai ?mein janta hun ki apke dimaag ki ghanti bahut pehle bajj chuki hai ,aur aap sab ko meri soch thodi alaqg bhi lag rahi hongi aur kayi logg toh mujhe pagal bhi samjah rahe honge ,per aishi baat bilkul nahi hai ,jo mein likhna cahh raha hun ye kehna cahh raha hun sayad uske raste theek ho na par manjil kabhi galat nahi ho sakti ,ye zindagi ek safar hai aur ham uske mushafir hai ye har kishi ke alfaaz hai jo vo apne lafzo ki baudaulat bolte hai ,par meri parvasha un sab seh bheen aur alag bhi bhi kahi na kahi kyunki na toh mein ek mushafir hun aur na hee meri zindagi ek safar hai ,mein toh bash itna janta hun ki mere aaj ki pratima mere kal seh behad alag hai ,aur ishi ko toh zindagi kehte hai ,jab aap apne baare mein socho aur apne aaj ke liye mehnat karo ye usse mohabatt karo ,waqt kabhi nahi gujarte vo toh sirf apne haalat badalte hai ,unki bhi zindagi hoti hai jo ateet aur bhavishya mein fass kar apne bhootkal ko bhul jati hai ,mein har baar zindagi ki hee baateion ishliye karta hun kyunki iske ilava kuch aur hai hee nahi hamare safar mein jiske sath chalkar ham khud ko kabil samajh sake,mein nahi janta ki meri ye kahani akhir morr per mujhe khud seh durr karne ke riwayat karegi per mein itna zaroor janta hun ki agar iski suruyaat mujseh hui hai toh sayad aant bhi meri hee ruhh seh ki jayegi ,kehne ko toh jahir aaj har ek haalat kar dun per bharoshe ki aanch ne ish kadar ghayal karne ki koshish ki hai ki mein chhah kar bhi apne haalat kishi ko jahir nahi kar sakta ,ye sirf meri kahani nahi hai balki un sab ki jo khud ko sambhalne ki koshish toh kar rahe hai vo bhi kayi baar tuttne ke baad ,par unke haalat unhe har din majboor kar rahe hai,aaj bhi kuch yaadeion jo raat bhar pareshaan karti hai ,kuch aashiyane hai jiski badusurat baahe mujhe aaj bhi hairaan karti hai ,mein unse durr jaana chhahta hun per sayad aab ye mumkin nahi hai kyunki jo deewar main ush aashiayne ki riwayat mein banayi thi sayad uski har ek itt aab mujseh behad majboot ho chuki ,aur mein cahh kar bhi unhe todd nahi sakta ,ek mard ki koi kahani nahi hoti ,sab kehte hai ki bada majbood kiredaar hai zindagi ko aashani seh harr nahi manta ,per kisne kaha ye ?kaun sab majboot insaan ,kya iske aasyun nahi girte kya ishe ush uparvale na nahi banaya ?kya ishe chhot nahi lagti kya ye ek insaan nahi hai ?saval toh kayi hai per javab ish samaj ke paas ek bhi nahi ,mein harr chuka logo ki dalile aur dogli baateion sunkar kyunki unki baateion bhi ish samaj ki galat vidhiyo ka kaaran bann chuka hai ,unki soch bhi unke samaj ki tarah kamjoor hai ,jo samaj ek mard ke haalat nahi samajh sake vo samajh bilkul ush samsaan ki tarah hai jo sirf maut ki dua hai daba nahi ,khair ye ladai meri kabhi thi hee nahi ,maine kabhi ye nahi socha hee nahi ki mein aisha bhi kuch karunga ye aisha bhi kuch likhunga ,mein toh khud bhi nahi janta ki ye safar kab tak hai ,yeha tak toh mein khud ek mushafir hun un gaaliyon jaha ke har ek raaste mujseh behad anjaan hai ,waiseh ye kahani kishi mamuli insaan ki bilkul nahi hai ,kyunki na toh usk alfaaz mujhe mamuli seh lage jab mein usse mila aur na hee uski baateion ?mujhe nahi pata ki vo mere kitna anjaan tha per vo saksh apni duniya mein zaroor mahan hai ,agar khamoshi dil ke aandar kaid ho jaye to vo jehar bann jati hai aur agar vhi bahar toh rishte barbaad kar deti hai ,jab ham kishi ke kareeb jaate hai toh ham kabhi ye nahi sochte ki kya hai vo hamare liye ,ham bash itna janta ki jo bhi hai behad zaroori hai aur pata nahi ek waqt ke baad toh ham unhe khud ke itna kareeb kar lete hai ki cahh kar bhi ham unki yaadeion khud ke dil seh kabhi mita hee nahi paate aur uske baad khud ki jaan de dete hai ,ye mamuli shi cheeze hai jo aajkal har ek safar mein aapko dekhne ko milegi ,mein ye baateion kuch nayi nahi keh raha aap seh ye jo bhi bahut purani baateion hai par dard aaj bhi naye jaiseh lagte hai ,aesaas karna seh hee ham dard ko mahasoosh nahi kar sakte ham kyunki ye ek dusre seh behad alag hai waqt ka naam toh har kishi ne suna hoga ,kyunki ye zindagi ki vo panuti hai jo agar sahi tareeqe seh mill jaye toh aashiyane mein phoolo ki bahar jaishi lagti hai aur agar na mile toh kato ko bauchar jaishi ,khud ke dard kitna jahir karu pehle sochta tha kyunki ye zindagi dard kam dene ka naam hee le rahi hai ,akhir kisse puchu ki kahai sukoon hai kyunki aajkal toh har kishi zindagi mahroom hai ,waqt bitane seh rishte sath nahi rehte ,vo sath tab rehte hai jab aap khud ke bhi sath na ho ,log aajkal mujseh bada saval karte hai ki akhir aisha kya khoya hai zindagi mein jiski wajah dard ke sagar keh dete hai lafz mein unhe akhir kya kahu ki kish mehfil seh hokar gujra hun mein ,sayad jish mehfil seh bhi gujra hun ushe mehfil ki yaadeion bhi mahroom shi lagti mujhe ,mujhe nahi pata per mohabatt mein log aksar shayar bann jate hai ,bhale hee unke alfaaz theek na ho per unke dard shaaf dikh jaate hai ,waiseh khuda seh har waqt ek gujarish zaroor rahegi ki agar vo mere mailk hai toh sajde mein yehi mangta hun ki ish taqleef ki daba varna jo zindagi usne di hai vo mujseh cheen le , kehte hai jab ham kishi ek manjil ki taraf badhte hai toh raste kayi dikhte hai per jaana kaha hai kishi ko nahi pata ,kyunki agar mehfil ke sath raste saaf dikh jaye toh dard ki dua kamjoor per jaati hai aur itni aashani toh ye kamjoor nahi parne vali ,aur agar galti seh kamjoor par bhi gayi toh waqt ki dua ishe aur bhi majboot kar deti hai ,ye zindagi bhi ush ausat dhaage ki tarah hai jo kati patang ko bhi kabhi -kabhi aasamn mein udaan ke hausle deti hai ,par agar uski niyat mehnat ki ho toh ,mein apni zindagi mein khud ki pahachaan karna chhahta hun ,mujhe ye toh pata hai ki mein ek mard hun ,per kya samaj bhi hame vhi mante hai ye ek pathar ki tarah ham ushe parakhte hai .

CHAPTER TWO

REMIND BUT FORGET

khai ye kahi jish saksh ke baare mein uske raaste bhi anjaan thhe bilkul meri tarah ,matlab meri bhi kahani usse judi hai per mere liye vo kuch khaas nahi hai kyunki maine kabhi ushe samjha hee nahi ,meri zindagi ka vo matr aisha eklauta hissa hai jishe mein kabhi bhulna nahi chhahta kyunki vo mere liye ek aayne ki tarah ,aur ek insaan dure ki di gayi khairat ko toh bhul sakte hai per khud seh ki gayi gayi khairat ko vo kabhi nahi bhulta ,mere wajood ki har ek kahani usse judi hai ,par na vo mere apna hai aur na mein uske liye paraya ,ish kahani ki aarzo juthi bhi aur saccchi bhi hai per iske alfaaz ushi khwaab ki sach hai jo har roj ham apni parcahi mein dekhte hai ,ish kahani ki har ek neeb rakhne seh pehle mein khud ke baare mein kuch kehne chhahat hun , meri jagah vo nahi jo vo samjhte hai ,meri jagah hai jo mein unhe samjhana chhahta hun vo bhi ish safar ,mein ish kahani ka aant hun suruyaat nahi .

khair mein janta hun ki mein uska sath aant tak nahi de sakte phir bhi kuch baateion jo ish kath ke sahare mein ushe apne lafzo mein likh raha hun ,agar aarzo shiddat ki hui toh waqt seh ek gujarsh ki mere lafz bass ek dafa hee sahi uske samne zaroor laaye ,kyunki mein insaan bada kamjoor khud ke haalat samjhane ke liye par usne mujhe vo himmat di jo mere apne bhi mujhe aant tak na de paaye ,ham bhale hee khoon ke rishte seh na jude ho ,per uski har ek tamana jab meri mehfil seh hokar gujarti hai toh aisha mahasoosh hota hai ki vo mere apna hai ,yeha tak ko har kishi ko merei kahani samajh aa hee chuki hongi ,kyunki mein jiske baare mein kehna cahhta hun yeh keh raha hun sayad vo mere apna hee hai ,per ye baateion na ushe pata hai aur na waqt seh pehle mujhe pata thi ,vo kehte hai jab rishte anjaan toh mohabatt bhi anjaan hoti hai ,per jab uske rishte waqif ho jaye vo bhi khud seh toh uski har ek seema aashan lagti hai ,maine kya khoya ye mein kishi ko jahir nahi kar sakta ,per jo bhi khoya behad kimti cheez thi vo meri ,ushe jab bhi yaade karta hun toh khud ko sambhal nahi paata ,aur phir baad mein sochta hun ki kahir zindagi mein aishi kaun shi galti kar di hai jo vo mere hisse mein hokar bhi mere hisse seh durr ,kahir tujhe bash itna kehna chhahta hun ki agar zindagi dubara mili toh ham phir ek dusre ke sath ushi aashiyane mein khelege jishe ham apna ghar mante hai,unhi gaaliyon mein bhaage jaha ki sadke aaj bhi paaki hai hamari yaadeion ki tarah ,mein sirf tere dost nahi hun meri jaan ,mein teri parchai hun aur vo kehte hai na filmo mein ki ek parcahi apne sareer ko kabhi nahi chhodti ,tujhe jab bhi meri zaroorat toh ush mujhe bula lena ,darna matt mere bhai ,bhale hee tere sath hazar vaade kiye hai per ush khuda ne hamari taqdeer hee alag likhi thi mujhe nahi pata ki mere aant samay mein mere sath kaun hai yeh kaun nahi hai ,per itna zaroor keh sakta hun agar sajde mein maut milegi bhi toh tere kandho seh hokar jayuga ,khair agar merei kahani khatm ho gayi toh gaya ish film ka hero toh tu hai na ,aur duniya mein bhaut kaam aishi film bani hai jisme hero apni jaan dete hai ,per ish film mein aishi kabhi nahi bola kyunki mein khud ki jaa bhi tere haval kar ke ja raha hun ,toh mujhe bhi sambhal aur khud ko bhi .

TOUCH THE MOMENT

*"MAANA KAAYA
NAHI THI
APNI EK
JAISHI
PER RUHH
AAJ BHI EK
HAI
AUR MEIN
TERE SATH RAHUN
YE NA
RAHUN
PER TERI YAADEION
ISH DIL
MEIN
AAJ BHI
AMRIT KI
TARAH
NEK HAI."*

JUST STAY AWAY

Dosti ,ye zindagi ke vo sabd hai jo ham tab istamaal karte hai jab hamari zindagi ek aishe moor pear aa jati hai jaha raste toh dikhte hai per manjil thodi dhundli najar aati hai ,maana sab kuch haar kar aaj ye likh raha ,manta hun mere rishte kamjoor par gaye hai ,meri zindagi bhi aab kuch khaas nahi hai ,par kya hai mere aant ki suruyaat hai ye ek naye savere ki sham hai, zindagi kab badal jaati hai vo bhi hamare sath rehkar pata hee nahi chalti ,jish dard mein aqaj likh raha hun uski suruyaat toh bahut pehle ho chuki thi ,aaj toh sirf uski yaadeion hai jo mere aashiyane mein kaid hai ,maine zindagi kabhi kishi seh dosti nahi ki par jab kishi seh ki toh purri shiddat seh nibhaya ,kabhi unke samne khud ko kamjoor savit nahi kiya kyunki mein janta vo mere agar khushiyon mein shammil hai toh gam mein zaroor honge ,per ye sirf ush duniya ki baateion hai jishe ham acchi tarah seh jante hee nahi hai aur na hee kabhi usse waqif ho payege ,kyunki jaanat hisse mein tabhi kabul hoti hai jab sajde mein amrit ke jagah kabr naseeb ho ,log ek din mein kayi saval karte hai vo bhi ush uparvale seh ,par kya vo khud seh bhi utne saval karte hai ,yeh khud seh utni hee gujarish ,mujhe toh nahi lagte kyunki maine jaha tak logo ko apne kareeb dekha hai vo sirf apne baare mein sochte hai hai ,mandir,mashjhid ,toh sirf bahane hai vo bhi khud ke kaam purre karane ke liye ,kya kabhi hamne ush uparvale seh pucha hai ki aap kaishe ho ?apki zindagi kaishi chal rahi hai ?kahi aap koi taqleef mein toh nahi ho ,mujhe aaj bhi yaad ,baarsaat ka mausam ,log jaha apni ahosh mein bheeg rahe thhe vhi ek buddhi aurat ne mujhseh ush din ek madad ki gujarish ki ,aur mein cahhta bhi tha ki mein unki madad karu ,par achanak seh kya hua ?aur kyun hua ?maine ush waqt apne kadam peeche kar liye vo bhi unki madad karne seh ,sayad vo meri zindagi vo raat hai jishe mein aaj tak bhul nahi saka ,aishi baat nahi ki bhulne ki kosish nahi ki hai ,par bhul nahi pa raha ,mujhe ush khuda ne ish tarah kyun banaya hai ,mein aab vo saval bhi karna chhod chuka ,kyunki jab bhi kishi aishe lachar saksh ko khud ke samne dekhta hun jiske hathon me na toh rakhi ke dhaage aur na hee pau mein chaapal ki chau toh ush samay ye bhul jaat hun ki maine kya khoya hai apni zindagi mein ?aur mujhe kya paane hai khud ke liye aage chalkar ?

Khari kuch alfaaz hai jo un rishto ke liye jo kishi ka sath ishliye dete hai kyunki unke pass be-shummar daulat bhi hai aur farog bhi , mein ishliye ye baateion keh raha hun kyunki mein ish waqt seh gujar chuka ,un rishto seh gujar chuka hun jo suruyaat mein toh apne jaiseh lagte thhe per jab waqt ki shiddat na khamoshi ki jaga li toh vo ek pal mein paraye ho gaye ,mein har din kya mahasoosh karta hun ,vo ish cheez seh anjaan hai ,meri zindagi kish moor per aakar khadi ho chuki vo ye bhi nahi jante ,par ha kuch baateion hai jo mein unke baare mein janta hun par kabhi himmat hee nahi hui ki unse ye keh saku ki tumhari mohabatt ki har ek fidrat dhoke seh bhari hai ,tum mujhe apna nahi sakte kyunki tumhare hisse mein kabhi vo raat aayegi hee nahi jo mujhe sukoon deti hai ,tum mujhe kishliye barbaad karna cahhte ho mein nahi janta ,par agar mein galti seh aabaad ho gaya toh tumhari nasl mita dunga ,waiseh ye baateion mere har ush haalat seh judi hai jiske ahosh mein maine khud ko taba karne ki sajish ki hai ,aur ye haalat kab aaye inki yaadeion ne mujhe barbaad kab kiya ,ye toh aage ke raste hee aap sab ko meri manjil ke taraf le chalege .

CHAPTER FIVE

ETERNITY

LUCKNOW
HEAVEN VALLEY APARTMENT
226001
PANCHAM NAGAR ..
   DATE : 26\05\1987

26\05\1987, ye koi mamuli din hai jishe mein bhu jayun kyunki ishi din meri zindagi ki har vo suruyaat jo meri khushiyon seh gam ki barsaat mein bheeg chuki hai ,matlab aishi baat nahi hai ki mere janm ki har ek chaap ish din seh judi hai par ha maut ki zaroor hai ,dosti mein zindagi ko paana ek taraf juth hai aur ye baateion mein ishliye keh raha hun kyunki jish dosti ko mein apni zindagi manta ye jish dost ko mein amrit manta tha vo troh jehan mein jehar kab ghol gaya pata hee nahi chala ,mujhe nahi pata ki mein apni ish kahani aap sab ko purri suna payunga yeh nahi ,mujhe ye bhi nahi pata ki mein ish kahani ant likh payunga ye nahi kyunki meri aarzo mujhe khud seh durr kar rahi hai ,vo kehte hai jhakm toh waqt ke satn bhar hee jaate hai par dhoke kabhi nahi bharte ,inke jhakm itne kathor hote hai na ki aap cahh kar bhi aap ishe khud seh durr nahi kar payoge ,kyunki zindagi mein ham vo gam toh seh lete hqai jo rishte mein milte hai par un gamo ka jishe dosti mein mile ,yeha tak ki vo mere sirf mere liye khamoshi nahi hai balki uski jagah maut bhi ho sakti thi ye ho sakti hai bhi ?

CHAPTER SIX

PUSHPA I HATE TEARS

1987,jab ek hee aashiyane mein do phool khilte hai na toh vo ush waqqt toh apne jajbaat kabu mein rakh sakte hai par jab vo bade hote hai aur unmein thodi samjah aati hai toh vo ek dusre dekhna bhi pasand nahi karte ,aur aishi hee kahani meri aur mere yaar ki hai ,uske naam ki pechaan toh nahi batana cahhta tha aur na hee apni dosti ko badnaam karna cahhta hun per jo dard un rishto ne mujhe diyer akhir uski saugat kaishe bhul jayun ?

FAHAD QURESHI ,ish naam ki pechaan ki pechaan aap sab ke liye anjaan ho sakti hai ,par meri liye ye anjaan bilkul nahi hai aur na hee mein ishe kabhi bhul sakte hun kyunki agar mere dard ki pechaan ki agar koi muraad hai toh uske peeche ishi naam ki pechaan hai ,par itni jadli kaha ja rahe ho aap sab ?abhi toh kahani suru bhi nahi ki maine ,khair baateion bahut karta hun mein ,vo aadat hai meri jo pehle bhi thi aur sayad aaj bhi ho sakti hai ?

FAHAD QURESHI vo naam hai jiske sath maine apna bachpan bitaya hai ,maine har vo sham ish saksh ke sath dekhi haijo mere liye thodi shi bereham thi aur sukoon vali bhi ,mein aur fahad dono alag dharm seh sambhandit karte thhe aur ye baateion har koi janta tha par usse pehle vo hamare baare mein ye zaroor jante thhe ki bhale hee inke dharm alag ho sakte hai per inke raste hamesha ek hee rahege ,hamare parivaar bhale hee alag thhe ,aur hamare dharm ki pechaan aur unke taut tareeqe bhale hee alag thhe ,per vo kehte hai dosti mein dharm jaat ko maana bhi paa hai ishliye hamne kabhi socha hee nahi ki ham kish dharm ke hai , mujhe nahi lagta ki koi aishi bhi sham gujri hongi jab ham mile na ho ,hamari baateion na hui hai yeh ek dusre ke liye ham kishi seh lade na ho ,vo mujhe jab bhi bulata mein sab kuch chhod kar bash bhaaga chala aata tha ,mujhe vo raateion bhi yaad jab vo pehli baar mere hath ko pakad kar roya aur maine ush waqt ushe yehi kha tha ki dekh yaar cahhe kuch bhi ho jaye zindagi ,hame bhale hee aage chalkar ek sath na rahe par tujseh ye vaad karta hun ki mein tere sath nahi chhodunga ,aur ye ATUL CHAURASIA ka vaada hai kishi aam insaan ka nahi toh tu aab chup ho jaye aur chal tujhe ek film dikhata hun aur tujhe pata hai ush film ka naam kya hai '' PUSHPA I HATE TEARS '' .

Mujhe aaj bhi nahi pata ki uske jehan mein mere liye itni nafrat thi ye mohabatt ,par mein itna zaroora janta hun ki maine kabhi bhi ushe ush najar seh dekha ki ushe mujseh nafrat ho jaye ye maine kabhi aisha kuch galat nahi kiya ki hamari dosti mein darar aaye ,mein jab bhi kahmosh baitha rehte toh vo mujhe kishi na kishi tarah seh hasa hee dete tha ,ham sirf sath mein bade nahi hue ,hamare birth date bhi ek thhe ,matlab hazar saal mein jo magic uparvale karte hai ,bilkul ushi tarah hamare birth date ki magic bilku ek hee din ki gayi thi vo bhi ek aashiayane ,matlab nahi samjhe ,matlab ham dono ki janm tithi ek hee hai ,aur iska matlab ye hai ki hum dono ki entry ish duniya mein ek hee sath hui thi vo bhi ek hee chhath ke neeche, sirf kamre alag thhe .

Ish jaadu ko kya naam dun ,ush waqt ush doctor ko vo

bhi ye baat pata nahi thi ,kyunki kabhi vo bhaag ke idhar mubarak kehte toh kabhi bhaag ke udhar ,maine sirf pehle suna tha ki duniya gol hai per itni gol mujhe nahi pata tha ,ye mere lafz nahi hai ush doctor ke hai ,ushi waqt mere dad aur FAHAD ke abbu ke beech dosti hui thi ,aur ush din seh lekar kuch din pehle tak hum dono ki zindagi behad acchi gujar rahi thi par jish dhoke ki suruyaat mein sirf uski wajah janna cahhata hun ?

CHAPTER SEVEN

JAI VEERU

17 saal tak hamari zindagi sadharan thi ,matlab ham sath mein khelte ,baaateion karte ,phir sath mein schoo bhi jaate ,aur yeha tak ki mein agar masjid bhi jaata tha aur vo mere sath mandir ,log jab bhi ham ek sath dekhte toh ye kehte ki dekho "JAI " VEERU " ki jodi nikli hai sakdo par ,duniya jalti thi hamare pakk rishte ko dekh kar aur mein usse ye baateion hamesha kehte tha aur vo ush waqt yehi bhi kehta ki cahhe duniya kuch bhi karle ,yeh kuch bhi keh de mein tera sath nahi chhodunga aur na hee tujhe kabhi dhoka dunga , par kehte hai insaan sirf baateion karta hai rishte nibhane ki par jab waqt ki khamoshi unhe gherti hai toh vo apne asli cehre ke sath prakat ho hee jaate hai .

Jish rishte mein 17 saal tak ek karoch tak nahi aayi ,jishe maine sabse durr rakha tha aur mehfooz rakha tha ush rishte jab pehli daarar aaya na toh mein ushi waqt harr chuka tha ,mujhe nahi pata ki mein ush waqt mahasoosh kya kar raha tha per ha aankheion zaroor naam thi aur dil ke aandar ek aishi faana najar aa rahi thi jo kishi ko bhi barbaad kar sakti thi ,aur ye haalat kaishe paida mein vo bata bhi nahi sakta kyunki ye baateion bhi mere liye ush waqt khaas nahi thi par FAHAD ke liye kaiseh khaas bann gayi ush waqt iski bhanak tak nahi thi mujhe , toh janab baat kuch aishi hai ki 12th boards ke result aane vale aur ye baat soch kar ham sab behad nervous thhe ,matlab mere jitne bhi kareeb thhe ye jo bhi hamare school mates vo saare ,fahad bhi ush waqt kaffi tension mein tha ,par mujhe pata tha ki ksimat mein jo aane ye mehnta ke jo bhi faal milne vale hai vo nervous hone seh toh aache ye khrab nahi aane vale ishliye maine socha ki chalo jaane do jo hoga dekha jayega ,ishliye mein aaram seh chill kar raha tha ,per kuch hee der mein hamare results bhi aa gaye kuch log ushe dekh kar hairaan thhe toh kuch behad khush bhi aur kuch toh bilkul devdas ki tarah behave kar rahe jaiseh ki unki paro aur chandramukhi dau par lagi ho ,jab mere results aaye toh usme jo percentage ke numbers thhe vo lagbhga 99%89 thhe ,ishliye mein seedhe apni khushi FAHAD ke sath baatne gaya ,aur jab mein vhqa gaya toh usne toh apna resulta bhi nahi dekha tha ishliye maine bhi usse apne result ke baare mein kuch bhi nahi kaha ,usne mujseh pucha bhi ki kya tera kya aaya hai ?maine ush waqt bhi usse yehi kaha ki mein dekh lunga apna yaar chal pehle tera result dekhte hai .

TOPPER SAHAB

Sayad mein ush din galat tha ye meri zindagi hee FAHAD ke liye ush din galat savit ho rahi thi ,kyunki dosti matlab ek aishi zindagai jaha aap sukoon ki raateion hoti hai aur jashn ki shaameion bhi ,meri aur FAHAD ki dosti ush din ke pehle aishi hee thi ,par jab FAHAD ne apan result dekha toh vo do subject mein fail tha ,aur aap sab bhi soch rahe honge ki agar inki dosti tutti hai yeh tuttne vali hai toh sayad yehi wajah hongi ?per maine toh abhi kuch aisha kuch kaha hee nahi ,per vibe toh ushi cheez ki hai na ,FAHAD ki najren jab uske result per gayi toh ush waqt itna khamosh ho chuka tha jiske baare mein maine socha bhi nahi tha ,matlab mein ush waqt ush awaz de raha hun ki FAHAD chinta matt kar ,boards valo seh koi galti hui hogi ,aur teri boards ke paper ke liye challenge karege ,mein nahi janta tha ki vo ush waqt kaisha mahasoosh kar raha tha par mein itna zaroor janta tha ki ushe meri zaroorat thi ,per isse pehle mein ushe sambhalta ,ushi waqt meri khushiyon ki tujri ne uske aashiyane mein khamoshi ke deeware kab banayi pate hee nahi chala ,kehte hai zindagi mein jab sab kuch chal raha ho toh kuch rishte hamari vaat laga hee dete hai ,ush din jab mein FAHAD ke kamre thhe aur ushe samjha raha tha tabhi ush waqt PT SIR ki entry hui ,aur unhone seedhe mujseh yehi kaha ki aur TOPPER SAHAB gale nahi lagna hai ,iske baad bhi vo ruke nahi unhone aur bhi kayi saari baateion kahi thi ,aur vo baateion kuch ish tarah seh thi ,mujhe pehle seh umeed thi tum sabse behtar ho per itne behtar ho mujhe nahi pata tha tumne sir hamare school ki hee shaan nahi balki apne PT UNCLE ki bhi shaan badahi hai ,mein kehne ko toh tumhara PT SIR ,per tumhare papa ka dost pehle hu aur mujhe garv ki tum mere dost ke bete ho .

CHAPTER NINE

KING OF ILLUSION

kehte hai dosti kabhi ek jaishe logo ke sath mumkin nahi hai aur vo mumkin ishliye nahi hai kyunki iske peeche bhi bahut saari aishi wajah hai jo mein cahh kar bhi dhundne ki koshish nahi kar sakta kyunki agar maine iski taalash suru kar di toh sayad kabr ki raat mere hisse mein bahut jald hee naseeb ho sakti hai maine apni zindagi uparvale seh kayi cheeze maangi hai aur aishi baat nahi hai ki unhone mujhe nahi di hai ,mein jab bhi unke dwaar per khali hath toh laut thhe waqt hamesha meri jholi bhari hee rehti thi ,mujhe ye bilkul nahi pata ki FAHAD mere liye kitna zaroori tha ,per agar sach kahu toh maine pani zindagi uske beena dekhi hee nahi tha ,per mujhe kya pata tha ki jishe mein apni zindagi ushe meri zindagi hee jehar lage gi ,dekho aaj kuch aiseh facts batane vala hun dosti ke baare mein jo sayad kabhi aur na keh saku ,kyunki iske har ek emotions aaj mere aandar kaid hai aur jishe mein zaroor nikalan cahhunga ,dosti kabhi mohabaat nahi bann sakti aur na hee ye rishto ki aanch ki tarah hamesha apke sath rahegi ,dost matlab do aish anjaan log jinhe sirf ek dusre ki zaroorat hai ,mein ye nahi bol sakta ki ish duniya mein dost asli nahi hote ,mere kehna ke toh matr itna matlab ki jish ye duniya aab prri tarah seh banabati bann chuki hai ushi tarah seh iske rishte bhi aab banabati bann chuke hai ,aur itne bann chuke hai ki aap cahh kar bhi unki fidrat mita nahi sakte ,mein en cheezo ko ishliye likh raha hun kyunki mein daur seh gujar chuka aur mein nahi janta duniya ke baare mein par ha itna zaroor jante hun ki har rishte sacche nahi hote aur har insaan ko ham insaniyat ke roop mein apna nahi sakte ,aap sab ne mahan sudama aur baghvaan krishna ki toh kahani suni hee hongi ,aishi baat nahi thi ki baghvaan krishna unke haalat ke baare mein jante nahi thhe ,vo toh purre bramhmand ki baateion jante thhe toh bhale apne dost ke haalat kaishe na jante ,par aap sab ne socha hoga ki agar aishi hee baat thitoh unhone unki madad pehle kyun nahi ki vo itna lambe waqt tak unke intezaar mein kyun thhe ,iski na toh koi khairat hai jo mein naap sab ko dene ki kosis karu aur ne hee koi alfaaz hai mere paas ,par ha itna zaroor keh sakta ki vo jaan kar bhi agar chup thhe toh samajh jayo ki vo kitni taqleef mein thhe ,vo bhale hee ek manav ke roop mein ish srishti par aaye thhe per jab unki mulaqat sudama seh hui toh vo ush din ek mamuli insaan bann chuke thhe apne dost ke liye ,vo cahhte toh unke saare dukh dard ko bahut pehle seh hee mita sakte thhe ,par agar vo apne dost ki madad bahut pehle hee kar dete toh jo likhawaat ye jo kismat sudama mein ki hisse mein likhi gayi thi vo sayad kabhi hote hee nahi .

CHAPTER TEN

PT UNCLE KI KHUSHI

Ek insaan apne risho seh toh ladd sakte hai per apni kismat seh kabhi nahi ,aur yehi khairat sayad ush din mere hisse mein likhi gayi thi ,mein gaya toh tha pna khoye hue yaar ko dhundne per hisse mein ek aishi qafas mili mujhe jishe cahh kar bhi mein khud seh ush din durr nahi kar sakte ,aur ishlie nahi kar sakta tha kyunki jo qafas mujhe hisse mein mili thi ye jiski nadaulat mili thi vo koi aur nahi FAHAD tha ,matlab ush din jab maine uski aanhkheion mein khud ke liye nafrat ki dua dekhi ,toh ushi waqt meri ruhh ne mujhe alvida keh diya aur mein cahh kar bhi ushe khud ke paas la nahi saka,per kahir ush din aisha hua kya tha ki jish dosti ko mein apne rishto seh bhi bada manta tha akhir vo ek pal mein hee mere liye jehar bann gayi.

jab mein ushe dhundne ke liye bahar gaya toh vo mujhe kahi nahi dikha ,mere kehne ke matlab ki hum dono jaha bhi jaate thhe mein ushi jagah per ushe dhundne gaya ,yeha tak sirf mein nahi balki PT UNCLE aur FAHAD aur mere ma baap bhi ushe dhundne ke liye gaye thhe ,kyunki ush waqt tak sab ko ye mahasoosh ho chuka tha ki FAHAD theek nahi hai ,ham sab ne ushe pehle apni building mein khoja ,phir park mein ,aur phir ush bhootiye bangle mein bhi jiska zikr maine kiya bhi hai ,phir bhi vo hame nahi mila ,mein ush waqt bahut paresaan ho chuka tha mujhe samajh nahi aa raha tha ki mein karu kya ?ek taraf aishi khushi thi jo mere yaar seh zyada zaroori nahi thi aur na ush waqt mujhe vo chaiye thi ,ush waqt aankheion mein aasyun toh thhe per kishe jahir karta ,koi tha bhi toh nahi jishe ye bata sakta ki mujhe kuch bhi nahi chaiye ,mujhe bash mera dost chaiye .

CHAPTER ELEVEN

STRANGE ENEMY

Ham sab ush din behad pareshaan thhe ,ham ye lag raha tha ki FAHAD ke sath kahi koi durghatna na ho jaye yeh vo kuch khud ke sath kar na le ,ishliye hamne socha ki isse pehle bahut der ho jaye police station mein complain kar dena chaiye ,aur sab ek sath jaane ko tayar hee ho rahe thhe ki utne hee durr mein FAHAD aata hai ,aur uske sath kuch taufe thhe yeh kya tha mujhe nahi pata per vo kuch laaya tha ,khair jaishe bhi vo aaya ham sab ke juban per ek hee saval ki qafas thi ,aur vo ye thi ki vo tha kaha itne der seh ,kya karne gaya tha ?agar gaya bhi toh bata kar kyun nahi gaya ham sab kitne pareshaan ho gaye thhe ,isse pehle mein ushe kuch kehta usne hee sab kuch keh diya ki mein masjid gaya tha ATUL ke liye kyunki uske liye aaj bahut bada din hai ,aur meri hee galti maine apna phone ghar per hee chhod diya tha ,aur mujhe thodi zyada der ishliye ho gayi kyunki mein jahsn ke liye cake lene rukk gaya tha ,ush waqt mein ushe kya kehta ki tunne mujhe bine bataye ye sab kyun kiya ?mein usse kish baat naraj hota ?vo dil jeetna janta hai logo ke ishliye usne ush waqt vhi kiya jo mein sayad kabhi kar nahi payunga ,par kehte hai har hasi khwaab ke peeche ek andhere ki nasl chupi hoti hai ,duniya ko ush din uske nek irade dikh rahe aur sayad mujhe bhi per uske peeche kish faan ki cahhat mere hisse mein aane vali thi mein nahi janta tha ,aur isse pehle mein unhe jaane ki koshish karta ,usse pehle hee mere wajood ki likhawat kishi ne pehle seh hee mitane ki tayari kar li thi ,jab ham jashn bana rahe thhe toh mein ush FAHAD ke pass gaya tha kyunki mujhe usse baateion karni thi aur vo ush waqt sab ko ye bol ke gaya ki mein thodi der mein aata hun TERRACE per seh ,per jish waqt usne ye baat kahi mein ush waqt uske samne maujood nahi tha ,ishliye sab ne kaha ki FAHAD upar hai ,ishliye mein usse milne aur baateion karne ke liye upar gaya tha ,par isse pehle mein usse kuch baateion vo bhi upar jakar ,usse pehle hee mein behosh hokar 3rd floor per hee gir gaya mujhe ush waqt zyada chhot toh nahi aayi thi kyunki mein ush seedhiyo seh nahi gira tha ishliye bach gaya tha ,par mujhe ye pata hee nahi chala ki ye kaishe hua ,matlab mere sath ye pehli baar hua tha ,aur jaiseh hee mere girne ki sabne awaz suni vo sab bhaage daure aaye unhe laga ki FAHAD ne kahi kuch kar toh nahi liya ,unhone jaishe hee mujhe dekha sab chilane lage ki akhir hua kya hai abhi tak ye thik tha,par hairaan karne vaali baat ye thi ki FAHAD ush waqt bhi mujhe dekhne nahi aaya ,maine sab seh pucha bhi ki FAHAD kaha hai ?per sab ne yehi bola ki abhi vo sayad terrace per hee honga ,khair tum uski chhodo apna khyal rakho ,bahut saari cheeze ush din anjaan shi thi aur anjaan lag bhi rahi thi mujhe , pehli toh ye ki FAHAD ko ye pata tha ki mujhe CAKE pasand bilkul nahi ,mujhe usse allergy hai phir bhi vo mere liye khaas taur ushe bana kar lekar aaya tha ,ek aur hairaan karne vali baat ye thi ki FAHAD kabhi bhi sukravaar ko masjid nahi jata tha ,yeha tak ki mere gharvale bhi mere baare mein itna nahi jante thhe jitna vo mere janta tha phir bhi usne ye kyun kiya ?

CHAPTER TWELVE

POISON OF FRIENDSHIP

Vo kehte hai na ki dosti mein agar jashn ke badal jehar bhi mile toh vo amrit hee lagta hai ,mein janta tha ki mujhe CAKE seh allergy ,phir bhi maine ushe ishliye khaya kyunki ush cake ko FAHAD ne laya tha ,aur vo bhi mere liye ,mere parivaar ko ye baat kabhi pata nahi thi mujhe cake seh allergy akhir kish tarah pata chalegei jab vo mere sath har waqt rehte hee nahi hai ,khairush din maine har ek cheez ko bahut halke mein liya par agle din meri tabiyat aur bhi zyada kharb ho gayi thi ,mujhe mere parivaar vale hospital bhi le gaye ,per meri aanhkeion jiski taalash mein har jagah khamosh thi vo toh aaya hee nahi ,jab vha ke doctors ne mere checkup kiya toh ush waqt jo baat khul ke samne aayi vo chaukane vali thi ,aur vo baat kuch aishi thi ki mujhe jehar diya gaya tha ,aur vo jehar aisha tha ki waqt ke sath agar uska ilaj na kiya jaye toh insaan ki maut bhi sakti hai ,aur agar uske asar ki baat ki jaye toh vo ek din ke baad insaan ko na toh acche seh jeene deti hai aur na hee marne ,per vo jehar mujhe kisne diya ?mein na toh ush waqt aiseh haalat mein tha ki kishi per shak kar sakun yeh ush apradhi ke peeche jayun jisne meri ye haalat ki hai ,vo kehte hai na jab kishi ki kahani ek aishe raste per aa jaye jaha aayene toh saaf hote hai par cehre nahi toh ush waqt hame sant rehne ki behad zaroorat hoti hai par mein ush waqt pehli baar bahut darr chuka tha aur vo ishliye nahi ki mein marne vala tha ye marte -marte bacha tha ,vo ishliye ki jo mein soch raha tha bash vo na ?en sab ke peeche jiska hath hai ye mein jiske baare soch raha hun bash vo na ho .

Dead Or Alive

aur vo koi aur nahi mein FAHAD ki hee baateion kar raha hun ,ye kahani abhi khatm nahi hui kyunki iske aayne toh saaf hai par aajkal ke rishto ke taraf iske bhi do cehre hai aur sayad do raste bhi ,aab dekhna hai ye ki meri manjil mujhe maut deti hai hisse mein yeh dhoka ?